붙잡힌 순간들

KB191878

붙잡힌 순간들

발행일	2022년 9월 20일			

지은이   조석종
펴낸이   손형국
펴낸곳   (주)북랩
편집인   선일영   편집   정두철, 배진용, 김현아, 박준, 장하영
디자인   이현수, 김민하, 김영주, 안유경   제작   박기성, 황동현, 구성우, 권태련
마케팅   김회란, 박진관
출판등록 2004. 12. 1(제2012-000051호)
주소   서울특별시 금천구 가산디지털 1로 168, 우림라이온스밸리 B동 B113~114호, C동 B101호
홈페이지 www.book.co.kr
전화번호 (02)2026-5777   팩스   (02)2026-5747

ISBN   979-11-6836-475-2 03810 (종이책)   979-11-6836-476-9 05810 (전자책)

(주)북랩 성공출판의 파트너

북랩 홈페이지와 패밀리 사이트에서 다양한 출판 솔루션을 만나 보세요!

홈페이지 book.co.kr   •   **블로그** blog.naver.com/essaybook   •   **출판문의** book@book.co.kr

작가 연락처 문의 ▸ ask.book.co.kr

작가 연락처는 개인정보이므로 북랩에서 알려드릴 수 없습니다.

조석종 포토 에세이

붙잡힌 순간들

북랩

머리말

————

　중학교 다닐 때였다. 목침을 닮았다고 '목침 카메라'라 불리던 싸구려 중고 코닥Kodak 사진기를 어렵사리 손에 넣었다. 사진과 맺게 된 첫 인연이었다.

　많은 세월이 흘러 1972년 시드니 대학에서 공부하게 되었는데, 직접 본 그곳은 말로만 듣던 원더랜드wonderland 같았다. 월요일 제출할 밀린 숙제는 일요일 밤에 몰아서 하며, 무작정 발길 이끄는 대로 쏘다니느라 공부는 뒷전이었다. 코닥 카메라 후원자인 체한다고 주위로부터 핀잔도 많이 들었다. 주말이면 기차를 타고라도 멀리 다니며 셔터를 눌러 댔다.

　귀국하는 길에는 아껴 모아 둔 장학금 모두를 탈탈 털어 여행에 쏟았다. 꼬박 3일이 걸리는 기차를 타고 호주 대륙 동쪽 끝에서 서쪽 끝까지 가 보았다. 그리고 싱가포르, 말레이시아, 태국, 홍콩, 타이완, 일본을 거치느라 집에 돌아올 무렵에는 여

관에서 방문을 열어 놓고 자도 될 만큼 호주머니가 텅 비어 있었다.

대학에서 정년퇴직을 한 후 국내외 여러 곳을 여행할 때도 사진기는 늘 함께였다. 그러다 세월은 강물처럼 흘러, 갈 날이 얼마 남지 않은 지금 용기를 내어 그간의 사진들을 모아 보았다. 사진에 붙잡힌 찰나의 느낌을 여러분과 나누고자 한다.

2022. 8.
조성강

Contents

우리나라

이웃 나라

아시아

오세아니아

아메리카

유럽

아프리카

우리나라

남이섬(2007년)

산다는 것은
기다리는 것

윗니가 돋는 날을
소풍 가는 날을
연인 만날 날을

주말과 휴일을
승진할 날을
집 장만할 날을

아이들 결혼할 날을
퇴직할 날을

그러다
……
죽을 날을

성남시 모란시장(2011년)

서울특별시청
맞은편이 원래
고향이었으나

외국인들
눈에 띈다고 쫓겨나
자리 잡았던 이곳

한때는 개를 사고파는
개값의 표준이 되었던
전국 제일의
개고기 시장

화려했던 옛 모습
지금은 사라지고 없네

탄천의 네 계절(2012년)

봄에는 벚꽃들이
어서 오라 손짓하고
부드러운 봄바람이
묵은 때를 털어 준다

여름에는 시원한
바람이 땀을 식히고
그늘에 쉬어 가라고
발길을 붙잡는다

가을이 다가오면
낙엽이 대롱대롱
쏜살같은 세월의
무상함을 일깨운다

겨울에는 온갖 치장 내려놓고
흰옷 입은 채
한겨울 깊은 잠을
준비하라 일러 준다

경기도

성남시 석양(2012년)

하늘이 찢어져라
외치는 저 처절한
절규가
들리지 않는가

하루를 마감하고
마지막으로 불태워
토해 내는
석양의 아우성

타는 저녁해가
미처 못다 한
이야기를 외쳐
어두운 세상을
밝히려는 뜻을

철원 임진강(2014년)

머나먼
수만 리 길을
하루도 쉬지 않고

날개가 부서지도록
날고 또 날아
드디어 찾아낸

아!
이토록 거룩한
우리들의
겨울 별장

속초 명태(2014년)

무슨 말을
좀 해 보세요

우리가
무슨 죄를 지었다고

이 추운
바닷가에

코를 꿰어
매달아 놓고는

오가는
뭇 사람들에게

개망신을
시키나요?

안면도 꽃지해변(2012년)

하늘 높이
매달아 둔 전등이

촉촉한 달빛에
소리 없이 등불로

강을 뚫고
미끄러져 내려

물 밑에서
부서지는구나

송광사 연등(2005년)

명절이 가까이
왔다는 걸
알리려고

차갑고 깊은
물속에
빠진 채

목이 터지도록
외치는
처절한 소리가

귀를 때리누나

거제도 외도(2006년)

마음껏 뛰놀고 싶어
잠시 물속에
뛰어들었다가

커다란 물고기에
다리가 붙들려

엄마를 향해
목 터져라
소리치다가

목이 뒤틀린 채
돌이 되었구나

밀양군 애기바위(2004년)

"형아, 제발
날 버리고
가지 마"

혹시나 하는
사이에

두고 떠날까 봐
턱을 얹어 두고

밀려오는 졸음에
못 이겨

업힌 채로
깊은 잠에
빠졌구나

함양 지안재(2008년)

인생이란 길이
평탄하기만 하면
심심할까봐

가다 가다
오르막 내리막 길

그것도 모자라
굽이굽이
돌고 도네

그래서 돌고 도는
인생이라 하는구나

꼬부랑 할머니

꼬부랑
할머니가

꼬불꼬불
또 꼬불

꼬부랑
비탈길을

미끄러지지도
않고

꼬불꼬불
잘도 넘네

어떤 할아버지

힘없이
떨어지다

빗에 걸린
흰 머리털

주름살이
깊숙이

몰래 감춘
나이를

지팡이가
비틀비틀

붙들고
따라간다

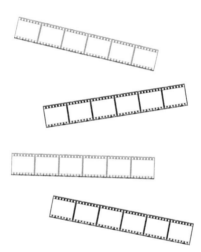

이웃 나라

홋카이도 비에이 밭이랑(2014년)

하늘 무서운 줄 모르고
구름과 바람을 벗하며
펄럭이던 아름드리 나무들

아무런 잘못도
저지른 게 없는데
뿌리째 뽑혀 나가고

쟁기가 생채기 내며
할퀴고 지나간 자리는
상처투성이로 남았구나

홋카이도 돌기둥(2014년)

바람도 찾지 않는
먼 이곳 바닷가

차디찬 물속 깊숙이
홀로 꽂힌 채

발목이 꽉 잡혀서
어찌할 바를 모르는
불쌍한 외딴 돌

멀리 두고 떠나온
그리운 고향 생각에
눈물 마를 날이 없구나

홋카이도 비에이 푸른 연못(2014년)

우리는
느린 동작 탓에

물이
밀려오기 전에

제때
빠져나가지 못해

이곳
깊은 물속에

영원히 발이 묶이는
신세가 되었다

중국

윈난성 유채꽃(2017년)

갓난아기 똥을
쏙 빼닮은
노오란
유채꽃

저토록
아름다운
노란 똥이라니

그냥 지나치기가
민망했던지
렌즈가
눈으로 깜박하고
인사를 건넨다

둔황 명사산 1(2003년)

벼르고 별러
먼 나라를 찾은
모처럼의 여행자들

쌍봉낙타를 타는
즐거움은
덤으로 얻는 재미

이 더운 땡볕에
쉬지도 못하고
코가 꿰인 채

긴 한숨을
내뿜는 낙타야

미안해서
어쩌지

둔황 명사산 2(2003년)

바람이 모래를 물어다
높고 예쁜 산을
만들어 놓고도

성이 차지 않는지
매일같이 다시 찾아
다듬고 다듬는 곳

개미 새끼처럼
쬐그마한 사람들이

미끄러지지도 않고
열심히들 달라붙어
기어 오르는구나

둔황 월아천(2003년)

하늘과 모래만의 천국인
머나먼 이곳에

바람이 흙을 물어다
예쁜 계곡을 만들고

혹시나 심심할까 봐
집을 몇 채 올려 놓고

아름다운 정원을
집들이 선물로
업어다 놓았다

위안양 다랑논(2017년)

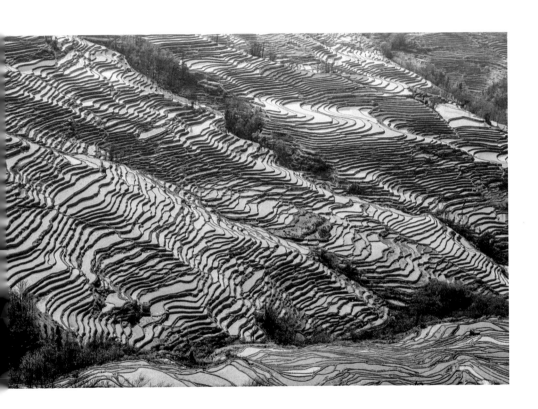

학처럼 아름답던
나무들의 천국을

속살이 드러나도록
난도질을 하였구나

약도 아닌 맹물을
바람이 한데 모아

굽이굽이 상처에
정성껏 발라 주니

깊은 산골에
고운 화단이 되었구나

구이린 폭포(2017년)

세월 따라 구름 따라
흘러가는 인생을 닮아

이리 밀리고 저리 차이며
산천 따라 물결 따라

굽이굽이 돌고 도는
물길 수생水生

중국

황룽 구채구(2018년)

파아란
하늘에서
흘러내린

파아란
빗물이

쪽빛의
파아란
물로 모여

파아란
정원을
가꾸었구나

시안 근교(2001년)

옛날 한때는
수많은 사람들이
모여 살던
화려했던 도시

비바람이 불고 지나며
다 쓸어 가고
남은 건
흙벽돌뿐

사그라진 벽들이
살아남아
옆에 있던
친구들 얼굴도
몰라볼까 봐

눈여겨 열심히
더듬는구나

만주 하르빈 강가의 배(2007년)

아무 지은 죄도 없이
끌려와
코와 다리가 묶여

옴짝달싹 못 하고
사그라지는
몸이지만

늘 그랬던 것처럼
사람 태우고
물살 가를 꿈을
밤마다 꾼다

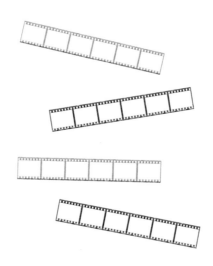

아시아

세부섬(2007년)

온 여름 땡볕에
짐을 지고
땀범벅이 되도록
일을 하는 사람도

밧줄에 매달린
출렁이는 별장에
한가로이
시간을 낚는 사람도

한세상 보내기는
마찬가지

세상은 요지경

세부 해변(2007년)

육지에서
잘못 떨어져 나와
길을 잃고
바람 타고
바다를 떠돌다

땅덩어리가
쪼개지는 바람에
커다란 돌덩이에 걸리어
더 이상
움직이지 못하고

그 자리에
눌러 앉았다

같이 뛰놀던
옛날의 동무들을
그리워하다

허리마저
고향을 향해
휘었다

일출(2014년)

산 능선에
새 떼처럼 늘어선
소인국 사람들

세계 곳곳에서
개미 떼처럼
몰려와

뜨는 해를
찍으려는
사람들 떼

73

어느 시골(2006년)

신발을 아끼느라
맨발이어도
장날이 좋은
장꾼들이

세발 자동차에
다 타고도
빈 자리가
남았다

사람 사는 맛이란
마음의 여유에서
생겨나는 것

미얀마

랑군 수도원(2006년)

저토록 진지하게
흔들림 없이
수업에 열중하는
예비 승려들의 모습에

고향 서당에서
회초리 맞아 가며
하늘 천 땅 지
배우던 시절이
아련히 떠오른다

앙코르와트 사원(2004년)

고궁에 깎아 만든
단단한 돌을 부수고
젖 먹던 힘을 다해 올라와
뿌리를 내려 놓고도
성이 차지 않는지

지붕까지 삼키면서
더 오르려 드는
저토록 가당찮은
힘은 도대체
어디에서 나오는지

산다는 것은
용쓰는 것
어쩌다 엉뚱한 곳에
태어난 죄일 뿐

베트남

메콩강(2004년)

기다란 강에 늘어서
한가로이 관광객을 기다리는
메콩강의 보트들

탈 손님은 오지 않고
달갑잖은 졸음만
떼를 지어 몰려오는
남쪽 나라 먼 강가

메콩강의 수상가옥(2004년)

누우런 강물이
외로울까 봐
배 두 채를 띄워
수상가옥을
만들었다

혹시나 두 배가
헤어질까
밧줄로 한데
묶어 두었다

갠지스강 새벽(2009년)

갠지스강 가에서
무수히 떠다니는
죽은 이를 전송한
아름다운 꽃들이

영령들이 혹시나
안개가 너무 끼어
제자리를 못 찾을 봐

이른 새벽부터
매연으로 얼룩진
갠지스강을 맴돌며
영령들을 안내한다

동 트는 갠지스강(2009년)

갠지스강에
먼동이 트면
죽은 이를 실은
수레들이 몰려온다

장작값이 비싸
불에 살짝만
그슬린 시체들이
바다에 뿌려질
순서를 기다리고

이를 놓칠세라
고기 떼가 몰려와
먹이가 떠내려
오기를 기다린다

뉴델리 걸인(2009년)

한 푼이라도
얻으려고

멀쩡하던 다리마저
비틀어 놓았건만

눈길 한 번
주지 않고

총총히 달아나는
무심한 관광객들

뉴델리 골목(2009년)

양볼이 볼록
튀어 나오도록

죽 먹던 힘을 다해
숨을 한데 모아
피리를 불어도

놀란 독사가
죽는 줄 알고
놀라 몸을 흔들어도

돈 한 푼 놓고
가는 이 없고

식사하는 여인(2009년)

장작을 패다
힘에 부쳐

점심이나 들려는
네팔 여인에게
들이민 카메라

카메라도 미안해
눈 한 번만
깜박하고
물러선다

네팔

포카라호수(2009년)

뿌연 안개를
두텁게 껴입고
졸고 있는
네팔의 높은
산들에
에워싸인
호숫가

늘어선
보트들이
눈 빠지게
관광객을
기다리느라

애가 타다 못해
지쳐 늘어져
하염없이
누웠구나

예루살렘 물레방아(2011년)

어디서나
흔히 보던
물레방아

다들
어디 가고
없나 했더니

머나먼 지구
끝자락
이스라엘에
끌려가

흐르는
물이 없으니
할 일이
없어

옛날을
곱씹으며
깊은 꿈에
빠졌다

요르단

페트라 유적지(2011년)

98

자연이 다듬은
경이로운 경치를

세금 한 푼
내지 않고
차지한 사람들

관광객들 나르느라
등의 상처
아물 날 없는

다리가 후들후들
불쌍한 망아지들은
뭐라고 생각할까

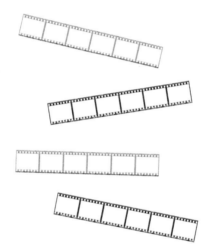

오세아니아

시드니 전경(1972년)

지구 제일 남쪽 끝
세상에 알려지지 않고
오랫동안
원주민의 보금자리였던 곳

길을 잃고 헤매던
배 한 척이 발견한
거대한 섬 덩어리

200여 년 전
영국 탐험가
제임스 쿡James Cook 선장이
발견하여
'미지의 땅Terra Incognita'
이라는 이름으로
세상에 알려진 곳

지금은 남반구의
중심으로 우뚝 선
더없이 아름다운
세계적인 항구 도시

시드니 대학교 공원(1972년)

시드니 대학교 옆
널찍한
빅토리아공원

학생들이
강의가 없는
쉬는 시간에

삼삼오오 모여
따뜻한 햇빛에
일광욕을 즐기며
한가로운 시간을 보내는

잔디 깔린
학생들의
푸른 휴게실

시드니 인근 휴양지(1972년)

지구 남반구
최대 도시인
시드니 근교
휴양지

주말 여유를 누리며
한적한 호수에서
뱃놀이를 즐기는 풍요가
부럽기 그지없다

시드니 주변을 배 타고 구경하는 사람들(1972년)

매일 보는 하늘이
얼마나
그리웠으면

바닷물이
하늘을 닮으려고
몸부림 치다가

멍이 들어
푸르다 못해

쪽빛을 띠었다

시드니 인근의 산(1972년)

기차를 타고
지나가다
나무를 함부로
베어 낸 곳을 보고

아하! 이 나라도
땔감으로 나무를
사용하나 했다

옆에 탄 현지인이
산불 예방을 위해
군데군데
빈터를 만들어
놓는다는 말에

무안해서
할 말을 잃었다

빅토리아주 야라강(1972년)

호주의 남쪽
길게 뻗어 흐르는
야라강

깨끗한 강물에 사는
고기들이
심심할까 봐

하늘을 감돌던
구름들이
무더기로
내려와
멱을 감는구나

멜버른 공동묘지(1972년)

한 많은 인생
다 살고 나서

저승에서는
명당을 골라

영생을 누리려는
바람이야
누군들 없겠는가

아무리 봉을
높이 쌓아도
허물어질 것을

장미를 심어
가족 묘지를
만들어 두고

대대로 이어 갈
이런 곳이야말로
명당이 아닐까

남부를 지나는 기차 창밖 풍경(1972년)

세상에서 제일 큰
하나의 섬이
하나의 나라가 된 곳
오스트레일리아

끝없이 펼쳐진
광활한 들판에
캥거루가
사람을 보고도
겁낼 줄 모르고
마음대로 뛰어다니는

코알라가
유칼립투스 나무에
매달려
낮잠을 즐기는

여기가 동물들의
지상 낙원

중서부 차창 밖 풍경(1972년)

아침해가 뜬 직후
바라본 풍경이
달리고 또 달려도
그대로

한참을 자고
일어나
다시 보아도
그대로

꼭 그 자리에서
헛바퀴질만 하고
서 있는 듯

옛날 기차 타고
창가에 코를
납작하게 눌러 붙이고
정신없이 보던
차창 밖 풍경이
오늘따라
더욱 그립다

시드니-퍼스 기차(1972년)

거실에서 밖을
내다보니
시멘트 덩어리가
막아선다

살며시 눈을 감으니
먹줄 친 듯
곧은 철로를
삼 일 동안이나
달리던

인디안-퍼시픽
기나긴 열차 밖 풍경이
눈에 어른거린다

눈이 닿는 곳까지
바다처럼
광활한 평원을
다시 한번
달리고 싶다

121

퍼스 버스 정류장(1972년)

다른 차들에
방해가 될까 봐

도로를 깎아 내어
버스가 설 자리를
예쁘게 만들어 두고도
성에 차지 않아

차가 가까이
다가오는지 보라고
두 눈을
만들어 놓았구나

서쪽 끝 퍼스공원(1972년)

세계에서 햇빛을
제일 많이
쬘 수 있다는
복받은 곳

아파트 앞
정원에 나와
쉬는 사람들을 위해
마련해 둔
간이 의자들

세상살이가
무에 그리 바쁘다고
이웃에 누가 사는지도
모르고 지내는

우리들을
나무라는 것 같아
마음이 착잡하다

퍼스공원의 흑조(1972년)

백조가 무슨
잘못을 저질렀다고

검은색
옷을 입혀

머나먼
호주 땅끝
마을까지 쫓아

고향 찾아
갈 날을
기다리게
하나요

퍼스 전경(1972년)

백조가 흰옷 대신
검은 옷을 입었다고
흑조로 알려진
흑조의 도시
퍼스

사람도 검으면
차별받기 쉽듯

구름마저
잘 찾지 않는
이곳 먼 땅끝 마을
한구석에서 만나는
흑조들의 천국

태즈메이니아, 마라코오파 동굴(1972년)

우리나라 남쪽
제주도를 닮은 곳

커다란 하나의
땅덩어리가
길을 잃고 헤매다

호주의 최남단
외딴 곳에서
정신을 차리고
멈추어 선
태즈메이니아

그 아름다운 섬에
보금자리를 튼
크고도 예쁜
종유석 동굴

퀸스타운의 밀퍼드 사운드(2002년)

대류에서
떨어져 나가
길을 잃고
바다를
떠돌아 다니다가

지구 남쪽
맨 끝자락에
다 와서야

겨우 정신을
차리고
멈추어 섰다

넓은 바다가
심심할까
가운데에

고향에서 업고 온
조그마한
야산을 살며시
내려놓았구나

양 떼(2002년)

찻길을
무단 침입한
양 떼가

도로를
점거하는
바람에

길 가운데
갇혀 버려
옴짝달싹 못 하는
자동차들

오클랜드(2002년)

뉴질랜드 수도
항구 도시의
공기가 너무 맑아
시샘이라도 났던지

맑고 깨끗한 하늘에
구름이 몰려와
한바탕
분탕질을 하였구나

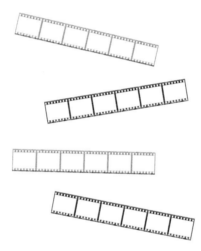

아메리카

캘거리 스코티아뱅크 새들돔(1996년)

말 안장을
쏙 빼닮은
올림픽 경기장

눈이 시리도록
파아란 하늘을

지붕이
온 힘을 다해
떠받치고 앉았다

밴프국립공원을 거니는 산양(1996년)

할 일 없이
한가로이
산 능선을
산책하던
산양이

염치없이
카메라 앞에
불쑥 나타나
증명사진을
찍어 달라 하는구나

캐나다

컬럼비아 아이스필드 빙원(1996년)

높은 산골짜기에
눈이 쌓이고
또 쌓여
골짜기를
완전히 메우고는

그래도 성에
차지 않았는지
이곳이 본래
깊은 계곡이라는 사실을
아무도 알아채지 못하게

만년설이 꽁꽁
얼어붙어 감쪽같이
계곡을 묻어 버렸다

몬트리올(1996년)

하늘 높이
떠도는 구름이
부러웠던지

높은 자리에
앉았음에도
더 높은 데로
오르려는 욕심을
나무라기라도 하듯

구름들이 떼 지어 몰려와
항의 시위를 하는구나

아바나 길거리 1(2008년)

한때는
쿠바를 주름잡던
두 정치가
카스트로와 체 게바라

죽어서도
관광 상품으로
초상화가 팔리면서

국가 살림에
공헌을 하는구나

아바나 길거리 2(2008년)

사진 한 장 찍히고
던져 주는
적은 팁을 위해

단장하고
시가cigar 물고
열심히 앉았다마는

손에 잡은
부채에 묻은 때는
가릴 수가 없구나

미국

캘리포니아 래슨볼캐닉국립공원 입구(2011년)

소 떼가
아무런 간섭도 받지 않고
마음대로 풀을 뜯으며
그지없이
평화로운 벌판에서
쏘다니는 모습이

코에 구멍을 내어
코뚜레를 꿴
불쌍한 소 떼만
보아 온 사람들에겐
여간 예사롭게
보이질 않는구나

캘리포니아 치코 나무(2017년)

어떤 짓궂은 사람이
자라나는
나무 그루를
밟은 탓에

등이 부러진 채로
이 악물고 버텨
온전한 하나의
나무로 자라나

오가는 사람들이
쉬어 가도록
등을 내어주는
거룩한 희생정신

캘리포니아 북부 샤스타산(2011년)

하얀 눈으로 만든
고깔 모자를
깊숙이 덮어쓴
높다란 산이

그 앞에 조그마한
새끼 산을 품고
태곳적 두고 온
고향 생각에
푹 빠졌구나

미국

캘리포니아 훔볼트레드우드주립공원
나무 터널(2011년)

몸을 깎아 내어
누군가에게
도움이 된다면

조금의 생살쯤은
도려내고
시멘트로 발라도
견뎌 내는

그 용기에
카메라가
굽신 절을 한다

몬타나 풍경(2006년)

파란 하늘이
얼마나 반가웠던지
구름이
떼거리를 지어
하늘을 향해
고맙다고
목청을 가다듬고
소리를 질러 댄다

브라이스캐니언, 새벽(2006년)

깊은 잠에 빠져 꿈꾸느라
정신이 몽롱한 계곡이

새벽이 왔다고
인사를 하는
아침해에 놀라

부시시 눈을 비비며
마지못해 단잠에서 깨어날
기미를 보인다

브라이스캐니언 계곡(2006년)

천지 조물주가
온갖 재주를
가지고 있다고는 하나

흙으로
이처럼 아름다운
작품을 만들 수 있다니
믿어지지가
않는구나

머리 숙여
한참을 정신없이 보고도
발길을 돌리지
못한다

뉴욕의 어느 골목(1996년)

내가 뭐라 했어!

세상은 그리
만만하지 않다고
멀리 가지
말랬지

몇 번이나
타일렀는데도
호기심만 믿다가는
큰코다친다고

나이 들고
때 되면
알게 되는 것을

미리 알려 덤벼들면
큰코다친다고
말하지 않더냐

이 녀석아

섬 새 떼(2007년)

지구의 남쪽
멀리 떨어진
끝자락까지
떠내려오다가

멈춰 선
섬 자락에
보금자리를 튼
새 떼

페루

페루

갈대 섬(2007년)

누군들 육지에서
살고 싶지 않겠나

수입도 없이
물고기 잡아
겨우 생계를
유지하는데

세금 등살에
시달리기 싫어
아예 바다
한가운데에
풀로 섬을 엮고

그 위에서
물결 따라
이리저리
흔들리며 사는
갈대 섬 사람들

171

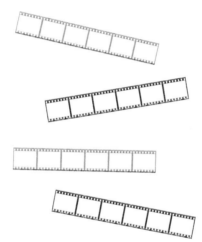

유럽

간헐천 물기둥(2016년)

지구도 가만히
한자리에 오래
앉아 있으면

몸부림이 나고
몸이 뒤틀려
가끔가다 한 번씩
하품이라도
하게 마련인데

손이 없어
입을 가릴
여유도 없는데

그 모습을 열심히
찍으려 몰려드니

민망해서
마음대로
하품도 못 하겠네

노르웨이

어느 공원(1994년)

하늘에
먼저 오르려고
서로 밀치면서
이를 악물고
염치도 양보도
내팽개치는

사람들의 본성을
그대로
보여 주는 것 같아
마음이
착잡하다

영국

케임브리지 대학교(1994년)

세상살이가
어디라고
다를 수는
없는 법

시간을 쪼개어
노를 저으며
뱃놀이하는
젊은이들이 부럽구나

대학 교정
앞을 흐르는
좁다란 샛강에서

물살을 가르며
시간을 붙잡으려는
학생들의 떠들썩한
웃음소리가
강물 따라 흐른다

벨파스트 해변의 돌기둥(1994년)

지구 북쪽
끝자락
섬 중에서도

제일 먼
바다 끝으로
밀려난 곳에

바닷속 깊숙이
빠져 있던
돌멩이들이

젖 먹던 힘을 다해
바다 밖으로
머리를
내밀었구나

181

아일랜드

생각에 잠긴 사람(1994년)

182

얼마나 깊은
생각에 빠졌는지

입은 옷이
파랗게 녹이
다 슬도록

같은 자리에
팔짱 끼고
눌러앉아

깊은 잠에
곯아떨어졌구나

인어공주(1994년)

인어공주가
물속이 차가워

잠시 물 밖
바위 위에
걸터앉아
몸을 말리느라

파도 따라
몰려오는
졸음에

그만 깊은 잠에
빠졌나 보다

야산을 깎은 농장(1994년)

야산을 저토록
발가벗겨
깎아 놓고는

미안한 생각이
들었던지
비탈밭 곳곳에
온갖 곡식들을
정성 들여 심어

아름답고도
아담한
푸른 옷을
입혔다

브뤼셀, 오줌 누는 아이(1994년)

아무리
어리다 한들

꼬추 드러내어
쉬하는 모습을

오는 사람
가는 사람
모두 보도록

이곳에다
세워 두고
다들
떠나 버리다니

아아
쪽팔려
죽겠네

크로아티아

플리트비체(2005년)

하늘로부터
물벼락을
얼마나
얻어맞았기에

저토록 티 하나
찾아볼 수 없는
깨끗한
파란 물에

감히
손이라도 넣어 볼
생각이나
할 수 있을까

융프라우(1993년)

'젊은 여인'
이라는 뜻의
스위스
융프라우 계곡이
새하얀 눈으로
이불을 덮었다

개미 새끼보다
작아 보이는
대여섯 명의
사람들이

한결같이
미끄러지지 않고
열심히
눈길 위를
걸어가는구나

인터라켄, 브리엔츠호수(1993년)

알프스 높은
산속에 자리 잡은
깊은 호수가
외로울까 봐

하늘을 거닐던
구름이
떼를 지어 몰려와

호수 깊숙이 빠져
헤엄을
치고 있구나

불가리아

소피아, 해바라기밭(2005년)

지구의 먼 북쪽
길가에 늘어선
노란 해바라기가

하늘이 찢어져라
소리를 지르자

한가로이
하늘을 거닐던
구름들이 놀라

가려던 곳이
어디인지도 깜박
잊어버리고

고향 찾아
되돌아가야 할지
마음을
정하지 못해
제자리를 맴돈다

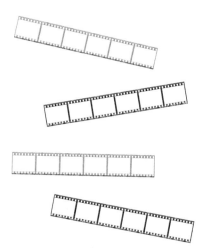

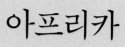

아프리카

이집트

피라미드(1993년)

얼마나
하늘이 그리웠으면

하늘을 오르려고
돌을 깎고 쌓아

저토록 높은
인공 산을
만들었을까

소똥으로 지은 집(2005년)

소똥을 밟으면
재수 없다고
야단들인데

무엇 때문에
소똥을
더럽다 하는가

소똥으로
벽을 만들어
지었어도

아쉬울 것
하나 없는

여유로운
좋은 집

사파리 얼룩말(2005년)

무서운 사자 떼가
달려들어
갈기갈기
물어뜯을까 봐

언제나 쫓겨 다니는
신세이긴 해도

우리라고 어찌
한가한 시간을
놓칠 수 있겠는가

끼리끼리 모이면
우리도 신이 난다오

케냐

얼룩말(2005년)

얼룩말 떼가
타는 듯한 무더위에
바싹 마른 풀을
뜯다가

얼마나 지쳤던지
정신을
차리지 못하고

두고 온
고향 생각에
멍하니

풀 뜯는 것조차
잊어버린 듯
외로이 서 있구나

가젤(2005년)

아프리카의 햇볕이
얼마나 뜨거운지

풀이란 풀은
모조리 말라
누렇게 타 버리고

목이 말라
풀을 뜯어도
씹히는 것은

침만 축내는
말라붙은
가시나무 잎뿐

어느 산(2005년)

죽어서 육신이
녹아 버렸다고
두고 온 고향을
어찌 잊을쏘냐!

높은 곳에 올라
세상 모르고 뛰놀던
그리운 고향이 보고파

바위를 베개 삼아
머리를 올려놓고
바라보고 또 보다가

눈과 코에
커다란 터널이
생겼나 봐

잠베지강 1(2005년)

발에 사슬을
매달아 놓았는지
옴짝달싹
한 번 못 하고

해가 뜨나
달이 뜨나
그리운 고향 찾아
아무리 물 밖으로
걸어 나가려
몸부림을 쳐도

깊은 강
밑바닥이
발을 바짝
붙잡고 있어

이러지도
저러지도

잠베지강 2(2005년)

아직도 잠이 덜 깬
타는 듯이 무더운
이른 아침에

잠베지강의 일출이
주위의 티없이 깨끗한
아침 하늘을
불그무레하게
물들여

뜨는 해가
달처럼 예쁘게
다듬어졌구나

잠베지강 가의 코끼리들(2005년)

늘 깨끗한
물가에 있어
파리 한 마리
날아들지 않아도

그저 친구들과의
물장난이 좋아
코끼리 떼가 신나게
등목을 하는구나

빅토리아 폭포(2006년)

땅이 갈라지며
한 동네를
두 동강으로 만든
깊은 상처
옆에 모여

두고 온
먼 고향 생각에
빗물과 눈물이
한데 범벅이 되어
흐른다

옛날 뛰놀던
동산은
물안개 속에서
지쳐 졸기만 하고

요하네스버그호텔 장식(2006년)

아프리카의
남쪽 끝에
자리 잡은

아름다운
흑인 미녀
인형들이

인종 차별에
항의하는 듯
진지하게 줄지어
데모를 펼친다

남아프리카공화국

케이프타운 원경(2006년)

아프리카의 남쪽
검푸른 바다
끝에 자리 잡은
케이프타운Cape Town 뒷산이
하도 더워
흰 두건을 둘러쓴 채로
깊은 잠에 빠졌다

정처 없이 하늘을 떠돌던
희디흰 구름들이
아프리카 최남단
케이프타운의 하늘에
닿아서는

또다시
이렇게 깨끗한 곳을
찾을 수 없을 것 같아

산허리를 감싸고
떠날 뜻이
전혀 없는지
산 능선을
맴돈다

223

케이프타운 제비 떼(2006년)

그 많던 제비들
다 사라지고 없어
강남에서
돌아오길 얼마나
기다렸던가

강남이
얼마나 먼 곳이면
돌아오지 못하나
했는데

아프리카 남쪽 끝 동네
전깃줄에 모여 앉아
멀리 두고 온
고향 생각
나누느라

하늘이 시끄럽도록
울고 있는
아! 이곳이
강남이었구나

남쪽 끝 섬(2006년)

우리가 어쩌다
물살에 밀려

이곳 먼 바다
끝까지
떠내려와

엄마 찾을
방법이 없어

목이 터져라
소리 질러도

대답이라고는
철썩대는
무심한
파도 소리뿐

227